Assim a vida passa

exemplar nº 363

tradução **Gabriela Soares da Silva**

capa e projeto gráfico **Frede Tizzot**

encadernação **Laboratório Gráfico Arte & Letra**

© 2017, Editora Arte & Letra

primeira reimpressão 2020

G978a   Guro, Elena

         Assim a vida passa / Elena Guro ; tradução de Gabriela Soares da Silva. Curitiba : Arte & Letra, 2017.
         52 p.

         ISBN 978-85-60499-91-5

         1. Literatura russa. 2. Ficção. 3. Contos. I. Silva, Gabriela Soares da. II. Título.

                                            CDU 82-32 (470+571)

Arte & Letra
Rua Desembargador Motta, 2011 - Batel
Curitiba - PR - Brasil / CEP: 80420-162
Fone: (41) 3223-5302
www.arteeletra.com.br - contato@arteeletra.com.br

Assim a vida passa

Elena Guro

tradução
Gabriela Soares da Silva

2017

Este livro foi produzido no Laboratório Gráfico
Arte & Letra, com impressão em risografia,
serigrafia sobre tecido e encadernação manual.

Sumário

Apresentação 7
Assim a vida passa 11
Manhã 47
Primavera 51

Apresentação

Eleonora Genrikhova von Notenberg, ou simplesmente Elena Guro, foi uma artista nascida em São Petersburgo que fez parte do cubofuturismo russo. Até então inédita no Brasil, temos finalmente em mãos três de seus textos publicados entre 1909 e 1914. A poeta, escritora, editora e pintora nasceu em 1877 e participou do grupo Hylaea, principal formador do futurismo russo. Junto a seu marido, o músico Mikhail Matiouchin, participou da primeira antologia de poetas futuristas russos, publicada em 1910.

Elena Guro foi uma das poucas mulheres no início do futurismo russo, e publicou três livros em vida, "The Hurdy-Gurdy" (de onde foi retirado o texto "Assim a vida passa"), "Autumnal Dream" e "The Poor Knight". "The Last Camels of the Sky" (que contém os textos "Manhã" e "Primavera") foi publicado em 1914, pouco depois de seu falecimento.

Guro traz em sua obra muitos elementos do populismo russo, movimento literário que buscava encontrar uma identidade genuinamente russa, excluindo as influências europeias e aproximando os temas do cotidiano. O foco das narrativas sai da aristocracia e desloca o olhar para o povo russo, as classes mais baixas e desfavorecidas. No entanto, Guro, como tantas mulheres na literatura, estava à margem do movimento, essencialmente masculino. O que por um lado pode ter sido prejudicial para sua obra e reconhecimento, também é uma possibilidade de ruptura dessa estética vigente. O que podemos ver nos textos de Guro, principalmente em relação à linguagem que ela usa.

Seus textos possuem imagens surrealistas, misturando o caos da vida urbana e a quietude da natureza. Com uma escrita poética, Guro descreveu com maestria a secura das ruas no verão, a poeira que tomava conta do ar, o clima quente e claustrofóbico. Com a mesma maestria, também escreveu sobre a natureza e a infância, com um leve tom melancólico.

Mesmo com a poética, sua escrita é bastante direta, com frases curtas e muito pontuadas. São observados pontos *nonsense* e características futuristas, mesclando inocência e criatividade em seu trabalho. Inocência essa que remete à infância, visto que Guro se utiliza de uma linguagem infantil para narrar algumas de suas obras.

Guro faleceu em 1913, aos 36 anos de idade, de leucemia. Diversos de seus trabalhos foram publicados postumamente na coletânea "The Three" e no jornal "Union of Youth" e infelizmente a artista não teve reconhecimento fora da Rússia. Até mesmo em língua inglesa é dificultoso encontrar informações sobre Guro. Finalmente temos em mãos três textos que são uma introdução ao trabalho desta importante artista.

MICHELLE HENRIQUES
JULIANA LEUENROTH

Assim a vida passa

Nelka espera. Disseram-lhe para ficar aqui e esperar a chegada dele. A rua passa dando voltas. Ressoa ao longe. Durante o dia inteiro, uma poeira dourada se dispersa pela cidade. A calçada plana, submissa, estirava-se interminável sob o aguaceiro do sol e os pés dos transeuntes.

Nelka está um pouco encolhida, como um menino sob os olhares cruzados. Ela espera paciente.

O ar incandescente suspira pela noite. A cidade sopra uma brisa quente no frescor. Ao longe, um estrondo estala e se sufoca apaixonadamente. A cidade sofre.

Sob seus pés, o pavimento é duro, cruel, como a dor.

Ela é magrinha, como uma menina. "Ei, você, *mam'selle*, o senhor chegará dentro de duas horas!". Gargalhando grosseiramente, trabalhadoras contratadas por turno passavam. Olhando atenta e solícita, ela se afastou dos pedestres. Um senhor de passagem fez cócegas em sua bochecha com o cabo da bengala. Ela se distanciou um pouco; "tanto faz: os homens são os senhores". Estava acostumada a ficar o dia inteiro na rua.

A multidão passa como uma onda resignada. "Ei, nada mal! Ha, ha!" Eles passam. Mulheres. Homens. A bicicleta de alguém deixada junto a uma parede: o assento parece quente, conserva a elasticidade do contato recente com coxas jovens. Colares de miçangas quentes de um jardim divertido. A voz tensa de uma cantora.

Um bonito estudante vestindo um casaco curto passou movendo suas coxas frescas e elásticas. Jogou uma bengala leve de uma mão a outra. – "Esse aí poderia me possuir e me bater com a sua bengala elegante". Ela se encolhe timidamente, tem as mãos um pouco bronzeadas, meio desajeitadas e indefesas. Oh, Nelka! O ar suspira suave e mais profundamente. E ela imagina que está esticando a mão para perguntar alguma coisa aos homens que passam. Porém, está parada com as mãos abaixadas, sem nada pedir, apenas olhando.

A rua a comprime de maneira inoportuna e sopra um ar quente... Em seguida, ela se sente como um cachorro medroso que não decide se aproximar do seu dono. A rua está cheia de suas vontades e ordens.

Manchas úmidas se alastravam nos vidros cinzentos.

"Para onde você vai?" – Não sei – Quem é que sabe? Sabiam as casas austeras com linhas claras de janelas e grades também austeras, as fileiras de lampiões negros da cidade, as manhãs turvas e envergonhadas, e os anoiteceres da cidade. Cada coisa na cidade sabia algo sobre isso tudo.

Certa vez, algo aconteceu. Ainda degelava aos poucos, gotejava, gotejava. Ela já caminhava por um longo tempo quando foi aturdida por um cansaço primaveril. À frente, um estudante ginasiano passeava vestindo o casaco elegante do uniforme. Com desdém e infantilidade, ele encolheu os ombros arrogante e enfiou as mãos nos bolsos. Gostou dele. Seguiu-o. Tão esguio, ágil, como uma chibata. O cabelo espesso cortado na nuca. Ela o seguia para onde quer que ele fosse. Olhava para aquelas costas com uma paixão sem esperança. Ele desapareceu numa esquina. Ela voltou a si. Retornou. Ele ficara ainda mais desdenhoso e cheio de si. Imperioso, com uma provável gaiatice que não valoriza nada nas mulheres.

Até o ponto em que tudo era deles por direito, e para ela parecia que não havia ninguém mais baixa do que ela própria. Parece estranho que se ela entrasse em alguma loja eles a atenderiam. "Será que o vendedor, limpinho e respeitável, com a aparência de um cavalheiro estrangeiro, a serviria?" E ela poderia entrar e pedir o que quisesse. Ela pediria bem silenciosamente, empurrando a porta silenciosamente, seus braços e pernas se tornariam tímidos e por isso ela daria passos hesitantes. Talvez ela parecesse complacente...

E foi agradável para ela descansar nos degraus da entrada de alguém, sentar-se intencionalmente na beirada áspera, limpando a poeira do pavimento com seu vestido.

Na solitária noite branca, os pensamentos se romperam e desapareceram flutuando, se romperam e desapareceram flutuando...

"É estranho pensar que há muito tempo em algum lugar – há muito tempo – ouvia-se o grito jovial de um galo, havia relva úmida nos jardins da cidade durante a primavera e, nesse momento, em algum lugar, pessoas pequenas e independentes esperavam para ir à *datcha*, enquanto faziam pequenas formas a partir da areia úmida, como se não houvesse homens e mulheres, mas apenas um infantil 'papa' e 'mama'..."

... Tudo foi coberto pela fumaça de um cigarro...

"Em sua jaqueta de menino, apoiada nos cotovelos, ela se debruçou na janela. Foi doce, tão doce porque o vento fazia cócegas ao passar pelas mangas até seus cotovelos. E ela sentia uma elasticidade impaciente que ia do quadril aos dedos dos pés. Algo dirigiu sua atenção para a rua, para voar janela afora, para o infinito. De maneira comovente, o peitoril estava um pouco sujo, com traços de uma chuva precedente e seca. E seus polegares meio magros o tocaram. Uma transparência pendia sobre a angulosidade da cidade. O ar estava úmido. Os sons anoiteciam".

"Ali havia um grande segredo urbano, claro e esverdeado como o céu. Talvez hoje ele possa ser visto pela primeira vez. Transparente, úmido, vespertino. Havia um abundante frescor aquoso. Batendo contra a parede, o murmúrio da rua se extinguia na umidade cinzenta".

"E a proibição do padrasto se mostrou de papel, inventada, e ele próprio era de papel, embora um homem, como nos livros, com esporas e voz grossa. É cômico..."

Ela saiu... No acinzentado que fenecia no vidro estava a vontade da cidade, a terrível vontade da cidade. Inteligível.

Manchas cinzas mergulhavam espalhando-se pelas janelas... Essas eram as perguntas e respostas de alguém. Ela andou... Algo perguntou: "Sim?", e uma resposta quase inaudível: "Talvez". A flexibilidade de aço dos movimentos passava velozmente. O ar, a cidade se dilatava diante dela, leve. Ela queria correr atrás das figuras que se moviam rápidas.

Como se alguém a provocasse.

– "Mas o apartamento ficou aberto, aberto!"

Atrás de cada canto se estendia um espaço azul. Ela retornava um pouco cansada e ansiosa. "As janelas são como olhos na cidade, as janelas são como olhos".

"Gritavam atrás dela: 'Uma garotinha vagabundeando por aí!'. Ela não entendeu.

Bateu a porta de vidro. Ah, não precisa chamar, está aberta: a porta estava aberta... Sentia-se desconfortável com o seu entorno. Como se alguém sórdido estivesse espreitando por trás da porta. O padrasto retornara mais cedo. Ele avançou em sua direção, ameaçando-a com os olhos sórdidos e sanguinolentos. Como se ele estivesse a sua espera. Por alguma razão, uma chibata viera parar em suas mãos. De súbito, pôs-se a cuspir. O absurdo começava como um sonho. Ela deixou de ter consciência de si mesma e não compreendia o que acontecia ao seu redor. "E então, você saiu? Pelo visto saiu para encontros" – Alguma coisa voou em torno das paredes, sem forma, indistinta e já era tarde para impedir. "Tome isso, e isso", – e isso, – um pêndulo redondo brilhava oscilando na parede – "Tome isso, e isso"...

Ele começou a surrá-la com a chibata. A dor a aferroava. Voava ao redor pelas paredes e a aferroava. O desespero da dor impiedosa. A chibata voou ao redor por duas vezes e o teto desabou. O êxtase do desespero deixou-a aturdida. Uma fustigada..."

"Oh! As luzes da cidade se desdobraram com um estalido. A troica se soltou tocando furiosamente os guizos, carregando-a para dentro da noite turva. Para dentro da noite hesitante..."

"Estava saciado. Ela voltou a si. A dor ainda serpenteava pelo seu corpo. O cômodo encheu-se da presunção do seu castigador. Ele não olhou com satisfação, foi indiferente. A mobília ao redor ficou ali, por um longo tempo, permaneceu nos mesmos lugares como testemunha. Aprovada pelo poder masculino, ela também aprovava e olhava com satisfação, como se agora recebesse aquilo que há muito tempo esperava.

Ela estava sempre vigilante. Conduziu aos poucos o tempo até esse momento".

"Sentia uma vergonha terrível de olhar para ela. Não se atrevia a sair sem permissão. Permaneceu diante dele, humilhada. Um ataque de histeria ainda inchava em sua garganta. Então, sem se apressar, ele acendeu um cigarro e soltou propositalmente a fumaça no rosto dela. Deu-lhe dinheiro e mandou-a comprar cigarros"...

A rua era elegante! Ah, elegante... Havia muitos homens, muitos homens. E a rua ficou um tanto agitada, quente e ilícita.

Eles a olhavam da cabeça aos pés. Como se ela estivesse despida. Empurravam-na grosseiramente.

"Jovens com caixas de doces e bombons com delicadas fitas de cores rosadas e verdes saíam de uma confeitaria".

"Todos eles sabiam dar ordens. Todos eles tinham amplos ombros imperiosos".

"Havia lâmpadas e janelas, como ontem, mas agora elas já sabiam de tudo, assim como os móveis no escritório do seu padrasto, absorviam tudo isso e a examinavam. Se tornaram mais pesados de curiosidade. Em seu nervosismo, ela não percebeu que andar era doloroso. Os homens a olhavam como se soubessem que um deles havia acabado de bater nela. Eles a queimavam com seus empurrões, olhavam com a satisfação da rua dentro de seus olhos humilhados e belos por causa da dor e do embaraço".

"As luzes queimavam e brilhavam. Como se caíssem de uma só vez".

"Acariciamos quando queremos, espancamos quando queremos". "Parecia que todos eles podiam dar-lhe ordens e ela teria que obedecê-las. Estudantes com uniformes brancos[1] passavam olhando para

---

[1] Uma alusão à aparência distinta de certos estudantes simbolizada pelo forro branco de seus uniformes; além disso, refere-se também ao antagonismo desse grupo em relação aos estudantes que faziam parte de movimentos revolucionários e democráticos.

sua face e empurrando uns aos outros. Eles também deixaram nela uma marca de ferrete. E isso reverberava em seu corpo com um peso apático".

– "É assim que deve ser, é tudo igual e não haverá outra coisa".

E de repente pareceu que ela merecia. Vergonha e dor, vergonha. Ela não se atreveu a erguer o rosto – eles eram muito bonitos.

Havia uma infinidade, havia paixão na corrente de olhares ardentes e meios pontapés dos passantes atrevidos. Apressavam-se para onde havia agitação e rapidez: as luzes açoitavam a noite.

Por causa da dor, ela foi obrigada a andar ainda mais devagar. Tudo cedeu dentro dela. E eles inflaram as narinas de bêbados e a cobriram de olhares pesados e quentes porque seus olhos haviam se tornado mais escuros e belos. Uma onda quente invadiu sua cabeça e a impeliu a cair numa humilhação incomensurável e sem fim.

E então parecia que ela não tinha casa para retornar, nem um nome verdadeiro... Pensou consigo mesma: "uma mulher"... A rua apagava e levava alguma coisa embora. Apagava com uma multidão de rostos trocados. Imprudente e desinteressada... Ela começou a se sentir leve, não mais envergonhada e amargurada. Os homens gritaram: Nelka, Miuzetka, Julietka! E algo a fez esquecer da véspera, de casa... Nenhuma separação, como as pedras cinzentas e submissas do pavimento sem passado, sem pensamento. Como se ela sempre houvesse vivido na rua...

Ela parecia achar comovente olhar para as belas janelas de outras pessoas, agora escuras e frias... E isso já era sem fim, assim como as janelas cinzentas e iridescentes desaparecendo em fileiras ao longo da rua. Sem fim...

Sentia-se desembaraçada e displicente. Havia um peso em seu corpo, dentro dela algo doía e despertava. Ela queria que a humilhação se espalhasse, sem fim...

Uma tabacaria ainda não havia fechado porque ela servia às "pessoas da noite". Apenas uma janela estava separada da rua por um pedaço de papelão. Reposteiros espessos e surrados pendiam em turbilhões. Neste lugar, em que os homens vinham de passagem, eles olharam para Nelka com uma hostilidade perplexa. Mas depois sorriram e puseram-se a empurrar uns aos outros. E, ao receber submissa sua caixa, ela apressou-se em sair. Os homens tinham os punhos das camisas impecavelmente limpos; mãos claras e colarinhos quase inocentes, comovedoramente limpos em seus pescoços rosados e lavados.

Restaurantes e bares fulguravam com aberturas de luz. Pela rua já se movimentava o rumor de risinhos reprimidos e gritinhos estridentes. Alguém a pegou pela cintura, virou-a pelos ombros. Observaram-na atentamente. Segredos noturnos ardiam nas paredes.

Olhares cálidos grudavam nela como uma dor quente e a curvavam até o chão.

Um açoite de luzes chicoteou a escuridão. Chicoteou a noite. Uma alegria iluminava sem luz.

— "Esmague-me, me espanque com as esporas, me humilhe...".

"Numa rua, à noite, um lampião pende oscilante em algum lugar sobre o portão de alguém. Um lampião oscila a noite toda. O vento o toca pelo ombro e suspira; e a rua obscurecida pergunta silenciosamente a alguém com passos apressados de mulher..."

"Ali o vento toca um ombro. Os olhos azuis aveludados de Deus olham para a cidade. Eles empalidecem por causa da loucura das luzes também pálidas. Empalidecem até o amanhecer". "Alguém em pele de castor, na rua escura, imperiosamente ajudou 'sua' jovem a subir no trenó, ajustou a manta de viagem e seguiu adiante, noite adentro".

"Na calçada, um estudante arrastava uma prostituta risonha".

Tentando não erguer os olhos acima de seus pés, ela estendeu os cigarros ao padrasto. Tentando não ver as paredes. Seu rosto lustroso e confuso por causa do corpo queimando, a chibata intencionalmente deixada à vista, chamaram à atenção dela. Ela também não queria perceber o seu olhar flertante e examinador. Mas alguma coisa a inclinou para baixo e ela deitou um longo olhar. Ali estava a chibata com uma linda estampa caucasiana no cabo. Ele a surrou com a bela chibata, tão bela que ela queria pegá-la, tocá-la, e até coloca-la contra a própria face.

Seus delicados ombros como que se fraturaram e suas mão penderam nos lados.

As paredes assistiam ávidas e sedentas por humilhação. Deleitaram-se. Ele pegou a chibata e chicoteou o ar. Fustigou-a. Ela estremeceu, não pôde evitar, como se ele estivesse cravado em seu corpo. E de novo. "Ele se deleitava com o efeito. Ela se concentrou e ficou petrificada para não ceder à última. Mas ele já se deleitava... Chicoteou a noite. Essa noite silenciosa de olhos negros. Ah, de novo! – Viva um pouco, acredite". "Como se ciganas cantassem lamentos... Ela ficou embriagada, embriagada..."

Seguiu-se a vergonha da embriaguez.

Ele obrigou-a a servi-lo. Ela se humilhou de maneira exagerada e já não havia limites, como se com isso ela se entregasse a todos aqueles na rua.

Todo o mobiliário austero do escritório masculino, com cada peça lustrosa de cobre, cravou os olhos nela.

E, apesar de tudo, o dia seguinte chegou. Os gritos dos meninos, ressoando alto demais, eram carregados do pátio de pedra até as escadas principal e de serviço. Reverberavam. Portas bateram cortantes e imperiosas, como se não houvesse paredes para se esconder no apartamento.

Foi terrível e repugnante ver migalhas e pedacinhos de papel turbilhonando pelo pavimento. Eles turbilhonavam de maneira intensa, ordinária e precisa com a poeira.

Os dias se arrastavam sob os gritos. Encolhida, ela passou por austeros prédios públicos com gradis ameaçadores, lanças e lictores com coroas de louros. Era como se tudo cheirasse ao tabaco do escritório do padrasto. Eles carimbavam e pressionavam. Isso se chamava "medida de severidade".

Pedacinhos de papel rodopiavam contra pavimento. Muitos detalhes atormentadores eram visíveis por toda parte. Homens irritados iam para o trabalho enojados e cobertos de poeira. Os dias eram abrasadores, urbanos e acres.

A noite não era sempre embriagada. O dia encolhia palidamente, olhando envolta, envergonhado.

Fortes mãos masculinas construíam para si uma bela cidade de pedra e ferro. Eles desenhavam com cálculos rigorosos. Vergavam pedras pesadas. Continham o espaço com grades. Nesta cidade, todos os dias faziam julgamentos, puniam, absolviam...

A poeira girava... Os Senhores passeavam com suas bengalas pela noite.

Pela manhã ela despertou numa neblina. Não pôde fazer nada, nem trabalhar, nem pensar. Oposto às janelas, um prédio já prescrito, como toda a vida dela. Convencional, inalterável. Eles passavam indiferentes. Caminhavam em uniformes com dragonas e debruns. Em tudo isso havia concordância e rigor.

Mas, à noite, a rua ficava exaltada. Luzes e rostos macilentos, pálidos da noite, trocavam piscadelas.

Eles caminhavam à frente para não comprometer sua presunção. Havia entre eles uma pequena menina com pés tímidos e sensíveis. Eles a governavam, olhavam-na arrogantes, empurravam-na e davam-lhe ordens assim como ordenavam suas mulheres. Ao assobiar para seu cachorro, assobiavam para ela obrigando-a a segui-los. Bateram nela deixando em seu corpo a dor do embaraço. Aalém disso, graciosos e elegantes, nem a notaram, apenas passaram por ela, pensaram nela de passagem – "uma mulher" – e se sentiram os Senhores. A eletricidade servilmente a iluminava para eles.

Eles pensam: "Aí está a mulher de alguém". Bem, dessas boas existem bastante, deixe-a ir, é claro; ela é parte minha... Vá, vá, não pense em me importunar!...

Com indiferença, com olhares salientes, eles deixaram passar a noite, o brilho e a mulher. A primavera, maleável e suplicante, deslizava sobre eles como sobre uma resina flexível e modelável. Eles caminhavam inviolavelmente presunçosos. Banhavam no ar noturno seus ombros invioláveis, levando-os para passear, embriagados, e carregavam um pensamento que permanecia com eles: "Tudo é meu, isso sou eu, eu, sou eu andando". E via-se o mesmo na inclinação arrogante de seus bonés. A noite comprimia... A parte de trás de suas cabeças era forte, lisa e arredondada... Eles apuravam os músculos salientes e cobertos.

Os álamos tinham galhos viscosos e ávidos.

Nessa hora, Machas, Sachkas e Miuzetkas despertavam e começavam uma vida sem "amanhã". Cuidado, vontade e escolhas difíceis não eram feitos para elas, não eram para elas – mas a chibata e o vinho, as risadas e os gritinhos, eram...

"Como queira, belo senhor! Como você desejar, como você desejar..." E nenhuma preocupação sobre um dia perdido, e nenhum remorso. É simples. Tão simples... "Senhor, me acompanhe, acompanhe-me, senhor..."

Os álamos noturnos tinham ávidas folhinhas, e o ar quente acariciou Nelka...

"Há livros nas janelas de uma loja. Ela não tinha lugar ali: técnico alguma palavra significativa, importante, que você provavelmente nunca entenderá. Ali entraram homens com frontes nobres e inteligentes: eles podem aprender tudo relativo à ciência e saber todo o mistério da vida, tudo o que está nestes livros; e é por isso que eles têm frontes grandes e nobres".

"Essa vida é tão enorme, maravilhosa, erudita, sábia e incompreensível em seus movimentos e complexas reviravoltas. Paredes enormes, casas, e mais além, casas enormes. Essa vida, organizada pelos homens de maneira tão civilizada, elegante e bela".

"Como deve ser maravilhoso conduzir as linhas de um desenho com seu significado singular e importante – linhas finas, sérias, claras e distintas. Ou ler linha após linha, aprendendo com elas cada vez mais coisas maravilhosas. E a cabeça se torna mais admirável e precisa..."

Nas vitrines estavam à venda bengalas e cachimbos adornados com figuras de corpos femininos em poses humilhantes, adoçados por velhotes. Vendia-se chibatas elegantes com cabos feitos de um marfim delicado, verde-amarelado e presas de morsas, com uma cor rósea de vida. Delicado, marfim-liso, agradável ao toque das mãos. Elegantes, brinquedos cruéis para mãos mimadas e ávidas pelo poder.

Ela enfraqueceu; imediatamente se resignou, ficou submissa, e no mesmo instante a despreocupação da rua a abraçou...

Numa joalheria, um par de grandes mãos masculinas, com unhas bem cuidadas e firmes, rearranjava os objetos na vitrine com movimentos precisos e cautelosos. Nelka imaginava que toda a cidade – os palácios elegantes, a algazarra nas ruas e os ricos subservientes – era esmagada de maneira suave, confiante e tranquila pelas mãos masculinas com unhas rosadas e angulosas e uma pedra azul no dedo mínimo.

Uma multidão de costas de estudantes e oficiais, agilmente levando a mão à cintura, dirigia-se para cafés e restaurantes, rindo uns para os outros.

Pensamentos vagos se desprendiam e caiam na noite abnegada. Rompiam-se e caiam como estrelas... Sombras horripilantes moviam-se atrás das solitárias carruagens noturnas. Ela não se importava com o que seria feito dela — bateriam, insultá-la-iam com uma vil afabilidade — não havia nada a ser preservado. E para ela havia uma beleza terrível e arrebatadora na entrega irremediável e submissa de seus passos...

Em seguida, a alma foi tirada das janelas frias e congelantes, um terrível e aterrorizante vazio espiava pelas paredes e cavidades opacas do vidro.

Eles a mimaram, permitiram que ela colocasse seus sapatos pequenos e engraçados na toalha da mesa, entre os vasos de flores. Os homens riam, tomavam os sapatinhos engraçados dela e escondiam nos bolsos do colete.

Eles ouviam gentil e pacientemente quando ela dizia bobagens. Para eles, ela usava rendas delicadas, o brilho da eletricidade, Violetkas[2]. Ela ria...

Bigodes ásperos beijavam sua mão pequena e pálida sem apertá-la, apenas segurando-a de maneira muito galante, como se temessem quebrá-la.

Atrás de seus ombros largos, a janela se tornava azul. E além da janela azul escura, a bela cidade se estendia, a cidade deles. Ficaram em silêncio sobre o segredo da cidade...

Sob as lâmpadas, frontes altas resplan-

---

[2] Uma alusão à personagem Violetta, uma cortesã, da ópera *La traviata* de Giuseppe Verdi.

deciam; aqueles lindamente inteligentes sabiam...

Ele vinha se preparando desde manhã para os seus exames – escrevia, lia. Ainda mais importante, inacessível. Na mesa, um rigoroso conjunto de tinteiro, verdadeiramente masculino. Em cores de mármore escuro e bronze marrom; sem tolerar objeções. Ali, em sua casa, tudo era severo, ordenado e não havia lugar para uma mulher. Pensamentos masculinos precisos e rebuscados flutuavam entre os objetos de bronze.

Além da janela, a rua ressoava irrompendo abrasadora. Os distraídos deixaram a palestra de lado e a cobriram de cinzas, ao esquecer os cigarros nos dedos firmes. Ela não se atreveu a atrapalhá-lo. Da rua, ouvia-se chibatas fustigando. Estrepitava e fazia calor. Pequenas flores tediosas no papel de parede do mobiliário. Ambos estavam fartos. Então ele saiu. Depois retornou...

Ele a sacudia grosseiramente nos joelhos. Esmagava-a de maneira repugnante, à força. Afastava a mão com o cigarro. De maneira galante, ele a advertia para ter cuidado se não quisesse se queimar.

Ela estava deitada virada para a parede inoportunamente iluminada. Contava as flores no papel de parede. A rua zumbia sonora atrás da parede fina. Ela estava cansada de ambos, era como um delírio. Na tentativa de se alegrar, pensava: todos os apartamentos, apartamentos pela cidade, mobiliados, com camas, e nas camas é tudo igual.

"Oh! *Reveille toi, ma mignonne!*"...[3] Com uma ternura desdenhosa, sem olhar

---
[3] Oh! Acorde, minha querida!

para ela, sentou-se à mesa. Imediatamente saciado, com sua estúpida nuca. Purificado pela seriedade, ele estava inacessível de novo. Ela olhou para ele e viu: de maneira comovente, uma mecha invadira sua testa limpa. De maneira comovente. Não se decidiu a aproximar-se...

Atrás da janela, a rua ressoava.

Durante o dia inteiro, uma poeira dourada se espalhava pela cidade. As paredes e os velhos letreiros eram acariciados pela imutável afeição de uma ordem, despojando-os de vontade.

E sem vontade, tudo era habitual e quente.

Durante o dia inteiro eles vagaram por alguma razão, ela não sabia porque, e o tempo todo ele a obrigava a esperá-lo na rua.

Como se não houvesse nada além de um vazio que arrefecia... Talvez hoje à tarde

violetas escuras sejam carregadas pela rua.
O pavimento suspirou – e de cima, alguém
enorme se inclinou. Nelka olhava para o
céu, sentiu gotas de chuva. E no mesmo
instante ficou ainda mais quente. Ela ria...

"Por que você está sorrindo?". "Não
conseguirei me conter agora. Eu deveria ser
enclausurada e ordenada a ficar em pé por
horas a fio sem me mover – até doer".

"Você está feliz? Sim, estou feliz! Simplesmente estou feliz e maluca por causa
das gotas de chuva. Seguirei estes senhores
agora porque eles têm ombros largos e debruns bonitos e coloridos nos uniformes".
"Não, não se atreva, simplesmente não se
atreva a olhar para eles, você não deve olhar
para ninguém: 'Você é louca, da rua, baixa'. Como estou feliz, como estou feliz!".
Gotas de chuva caíram e a cidade quente
enlouqueceu, enlouqueceu – e se calou.
Às vezes o vento passava pela rua cinzenta
e embaciada, tocava alguém no ombro. Às

vezes, alguma coisa, que nunca existiu antes, é possível!

E ela pensa: "Lá vai ele todo atencioso pela noite"...

Um engenheiro ferroviário passa, ele é esbelto e jovem, para como um homem muito confiante que ainda não se decidira. Um sorriso flutua diretamente para ela. Um engenheiro ferroviário. Um frescor exala do jardim e suspira.

E agora o ar canta alto. Passando muito perto de Nelka, ele deixa cair seu pacote atado por um cordão e não percebe. Ela pega, corre e diz: "Senhor, você perdeu suas coisas!". O estudante olha para ela. Não, ela baixa os cílios – não queria que ele notasse seus belos olhos: ela gosta muito dele.

Não, não é nada, não é nada, eu queria apenas entregar o seu pacote... E agora ele não olhava mais, e corou de leve. Ele já se afastava virando numa esquina, e ela tinha um desejo louco de gritar atrás dele: "Senhor, meu nome é Nelka"...

Mas ela se detém.

E Nelka pensa com ternura: " a cidade ficou mais jovem, sensivelmente mais jovem – a cidade se tornou um completo menininho! E o céu desbotou por causa da ardência! "... "Alguma coisa havia tocado todos os objetos, e agora tudo está mais inquieto e bonito; e esse era o destino dela..."

"É impossível acreditar que ele não voltaria agora de detrás daquela esquina de parede grossa. Ele deveria andar assim, para frente e para trás até o amanhecer"... "... O que a impede de correr atrás dele? Ela poderia segui-lo até a entrada de sua casa, ver onde ele mora e dorme e como é a sua porta principal"...

Mas um súbito e inquietante silêncio a atingiu... A casa era bonita enquanto ele passava por ela, mas quando a parede grossa o encobriu, ela parou de gostar da casa. E ela poderia ter corrido atrás dele e não o ter perdido tão rápido... Ela lastimou um pouco...

A cidade ficou mais jovem, a cidade se tornou um completo menininho!

Ela permaneceu no mesmo lugar, perturbada.

A rua está quente. A noite, mais profunda. Homens. O ar se torna inebriante com o perfume das mulheres que passam. Esporas retinindo cada vez mais perto. Dois oficiais passam com um andar tolo, cravando os pés no chão como soldados de cavalaria. Acendendo um cigarro, um deles fala:

– "Minha Juli, ha, ha!"...

O som presunçoso das esporas deles a empurrou, as palavras tolas e sensíveis lançadas na poeira da rua noturna.

A consciência da brutalidade, da força e da proximidade deles.

O frescor das folhas espessas suspirou atrás deles. E de novo algo mais quente, turvo, a puxou.

Ela estremeceu, se recompôs, como se algo a houvesse queimado. Imediatamente, seu corpo entorpecido, seduzido pela submissão, desejava cair numa humilhação sem fim.

Ela ergue os olhos. Paredes enormes, de novo. A vida é tão imensa...

"Dominaram com pedra e um bom cobre brilhante", ela pensa rapidamente, ao descer para a escuridão... Será que ali havia algo mais que ela gostaria de se lembrar? "As casas estão cantando sua música de pedra..." Não, não consigo pensar em nada... E nesse momento ela seria absolutamente incapaz de reunir seus pensamentos... Apenas seu corpo doía. Em frente a ela, os ombros largos dele já balançavam. "É hora de ir...! Ele assobiou com suavidade. "Está bem. Nelka, *ici*, vamos". E sem olhar para trás, ele começou a andar. Ela o segue maquinalmente, pelo hábito, sem vontade própria, através da onda aromática e quente da avenida.

1909

Manhã

O menino correu por uma alameda circular guiando um arco com um arame.

Porque não expresso o que me faz desfalecer de admiração. Como encontrar meus verdadeiros e queridos pensamentos? Para que eu não componha o que me é estranho e imprevisto. Afinal, algo primaveril me alcança. O menino passou correndo; ele tinha nos ombros uma pequena blusa listrada; capturei o momentâneo e divino ranger do arco, e o caminho arenoso.

Na profundeza da vegetação, samambaias como cobras finas cobriam a terra negra de verde até atingir a água. Uma dorna nova, de madeira fresca e rosada, umedecia. Acima dela, num salgueiro transparente, um passarinho cantava como se limpasse a garganta com o céu terno.

Na primavera, as almas das árvores são tão inacessivelmente puras, levadas para alto, que, por isso, as pessoas abaixo se atormentam e parecem insuportáveis a si próprias.

Deus, que eu não me ocupe eternamente com o estranho, não despeje belas palavras alheias, ainda que com lágrimas de entusiasmo em meus olhos. Ajude-me. Isso é realmente suicídio.

Uma dorna de pinheiro, uma campânula azul timidamente inclinada. Seu azul é doloroso. Deus, livra-me da beleza alheia. No fundo, eu sou sincera e fervorosa. Por que esse azul, suave na grama, se desgastará abandonado? A sua insuportável beleza primaveril partirá sem deixar rastro, vítima do tempo e da trivialidade de alguém, enquanto eu permaneço culpada, com as palavras da beleza fria de outrem nos lábios. Como se o céu e a luz esverdeada não me alcançassem.

Afinal, esse é o assassinato da sua felicidade terrestre e verde. Isso é assassinato. Além disso, a transição da cor violeta para a rosa nas pétalas de algumas pequenas e felpudas flores foi uma garantia da mais alta designação de vida – insondável sinceridade e pureza. E o musgo, em seu veludo, lembra vagamente a terra morna.

E minha alma se atormenta com a responsabilidade dos momentos que se vão.

Anoitecer. Está radiante lá no alto. Olho para o tronco de um álamo que se eleva.

Por que é tão penoso? Eu não entendo – onde está nossa profundidade? Por que fugimos dela? Perdemos nossa profundidade e com ela nossa verdadeira voz. E não encontraremos mais o caminho?

Você, álamo sagrado, um ramo enviado para o céu sem limites. Sempre orgulhoso, sempre correto, sempre sincero. Você é a verdade do céu – o sacrifício da profundeza. O espirito da grandiosidade.

E nas finas bétulas de cristal há sinais da vida imortal. Sinais de que fragmentos de encontros e separações que foram atirados aqui, como que transitórios, estão repletos de um significado eterno e fiel.

Então, que seja. Vocês, os inacessíveis, certamente sabem porque estou sendo sentenciada à minha inabilidade aqui. Isso provavelmente é verdade.

Primavera

Um passante aproximou-se de uma grade com vegetação brilhante. Ele parecia o fidalgo de La Mancha: alto e desajeitado, as mãos e a fronte expressavam ternura. Porém, o Norte lhe dera cabelos e olhos claros. Vestia uma jaqueta quente.

Parou, colocou a mão na grade. Observava sem conseguir desprender o olhar da vegetação. Sujou a palma da mão de poeira. Esfregou-a nas calças. Desprendeu-se dali e tomou seu caminho.

Eu sonho: se numa noite exatamente como essa se aproximasse do meu portão um transeunte desajeitado, nos seus olhos bondosos eu imediatamente leria, sem tormento, que ele se sentiria bem aqui. Nada mais. Acho que de antemão encontrarei as maneiras mais diversas de ser afetuosa com os solitários. Descobrirei se em algum lugar vive uma pessoa com uma terna fronte primaveril, e lhe enviarei um cachecol de lã macia e listras lilases, ou talvez um branco de lã de carneiro – e ficarei alegre porque meu cachecol macio acaricia seu pescoço.

Assim, um vento aquoso soprava algo quimérico e primaveril, e a alma se tornou impaciente.

Fios suaves de constelações abrem caminho entre os outeiros. Constelações de estrelas delicadas, fracas, pequenas e brancas. Elas se alegram. Está frio. Venta.

Eles retornam conversando sobre suas proezas, sobre a vida. As constelações brancas servem como um fio-guia para alguém.